OSKARS WAGNIS

Erzählung

Peter Heinl

OSKARS WAGNIS

Erzählung

THINKAEON

www.thinkclinic.com

drpheinl@btinternet.com

Twitter: @DrPeterHeinl und @Thinkclinic

Facebook: peter.thinkclinic und thinkclinic

LinkedIn: Peter Heinl

Xing: Peter Heinl

Gestaltung und Umsetzung: uwe kohlhammer

Umschlagabbildung: Peter Heinl

Oskars Wagnis

widme ich in großer Dankbarkeit all den Menschen,

die mit Freude, Elan, Schaffenskraft und Ideenreichtum

das Wachsen der Früchte am Bücherbaum des Thinkaeon Verlags

ermöglicht, gefördert und unterstützt haben und dies weiterhin tun.

Ihre Gedanken fingen an zu laufen wie das Leben.

Robert Musil

Der Mann ohne Eigenschaften

Kapitel 38

Clarisse und ihre Dämonen

INHALT

VORWORT

REISEN MIT MEINER TANTE

Was Graham Greenes *Travels With My Aunt* (1969) für die

damalige Generation war, kann Peter Heinls *Oskars Wagnis*

für die heutige werden.

Oskars Wagnis entführt den Leser an den Frühstücks-

tisch des Protagonisten und lässt ihn teilhaben an seinen

Gedanken beim morgendlichen Kaffee.

Was zwischen ein paar Kaffeeschlucken an Assoziationen

durch den Kopf des still Reflektierenden rauscht, ist eine

erstaunliche Philosophie über das Unprogrammatische.

In einer absurden Vorstellung eines personifizierten

Todes werden Erinnerungen an Thees Uhlmanns *Sophia,*

der Tod und Ich, an Woody Allens *Death Knocks* und nicht zuletzt an Max von Sydows schachspielenden Tod in Ingmar Bergmanns *Das Siebente Siegel* wach.

Auch und vor allem führt uns der Text zu Graham Greenes liebevoller Erinnerung an eine unkonventionelle Tante, ganz so, wie wir Maggie Smith aus George Cukors Verfilmung des Romans in Erinnerung haben.

Oskars Wagnis ist zudem ein Werk voll heiterer Alltagslyrik, die in einem liebevollen Erich-Kästner-Duktus dahingetupft ist.

Die für Peter Heinl werkbestimmende Philosophie über Sprache, die ständige Überprüfung und Neubetrachtung, die ihn in die Nähe eines Ernst Jandl rückt, bestimmt zudem das vorliegende Werk.

Und sogar dem Thema Krieg nähert sich der Autor auf unverkrampft schelmische Art, die an Roberto Benignis Film *Das Leben ist schön* denken lässt.

Das Leben ist schön – und die Unschuld ebenso.

Versenken Sie sich also in dieses lohnenswerte Werk!

Boris C. Motzki   *Mainz, 16.07.2018*

I

„Eigentlich war es meine Absicht, an meiner geplanten Abhandlung weiterzuschreiben", dachte Oskar K, während er im Begriff war, an einem in zartes Herbstlicht getauchten Septembermorgen eine Tasse Kaffee einzunehmen – wie stets mit einem, wie er es nannte, ‚Schuss' Milch versehen, obgleich es sich bei der Zugabe von Milch um einen friedfertigen Vorgang handelte – und, einem inneren Vorsatz folgend, auf einen Zuckerwürfel zu verzichten.

„Würde ich weiterhin so gewissenhaft wie während der vergangenen Wochen an meinem Arbeitsplan festhalten, müsste ich mich heute für einige Stunden der vertieften Beschäftigung des Kapitels widmen, das sich mit komplizierten Fragen der Gedankenbildung auseinandersetzt, die in der Tat so komplex sind, dass sie wohl nur einigen mit der Materie intensiv vertrauten Menschen zugänglich sein dürften, sodass meine Abhandlung ohnehin nicht für die breite Öffentlichkeit gedacht ist", überlegte Oskar K weiter, wobei ihm als Abzweiger dieses Gedankens die Frage kam, wie breit die Öffentlichkeit tatsächlich sei.

Die Unlösbarkeit dieser Frage zu durchschauen gelang Oskar K jedoch sofort, da es sich nicht um den Gebrauch des Begriffs ‚breit' im objektiven, sondern in einem abgehobenen Sinn handelte: Der Begriff ‚breit' stellte sich in einem nicht mehr präzise fassbaren Breitsein dar, wodurch dessen Breite letztlich im Unbestimmten blieb.

Den Schlingen einer solchen Gedankenspirale, die Oskar K nicht willentlich entworfen hatte, die er jedoch ohne Umschweife erkannt hatte, sich elegant zu entwinden, ohne das sachte Umrühren des Schusses Milch und dessen langsames Assimiliertwerden im schwarzen Kaffee aus dem Auge zu verlieren, erlaubte es Oskar K, zu dem Schluss zu kommen, dass er wieder einmal eine anspruchsvolle gedankliche Auseinandersetzung bewältigt hatte und diese zudem schon so früh am Morgen.

Er konnte sich auch erlauben, den weiteren Schluss zu ziehen, dass er aufgrund dieser Leistung das Recht habe, heute ausnahmsweise von seinem vorgesehenen Arbeitspensum abzusehen, um einen freien Tag einzulegen. Wobei es sich um ein besonderes Konzept des freien Tages handelte, nämlich sehr bewusst nicht das vorgesehene Arbeitsprogramm in den Vordergrund zu stellen, sondern — und hierin bestand das Wagnis — auch kein alternatives Programm zu planen, während er mit dem Umrühren des Kaffees fortfuhr, wobei um der Exaktheit willen festzuhalten ist, dass es seine rechte Hand war, die den Kaffee umrührte.

„Es ist wenig empfehlenswert, den Gedankenfaden ohne Anbindung an nachvollziehbare Inhalte in der Luft schweben zu lassen, ähnlich wie es nicht ratsam ist, einen begonnenen Umrührvorgang vorzeitig abzubrechen. Denn was ist ein nach kurzer Zeit des Gerührtseins stehengelassener Kaffee, in dem das Schwarz und das Weiß, statt den Zustand höherer Verschmelzung zu erreichen, unbeteiligt nebeneinander existieren?

Aber der springende Punkt – offensichtlich verfügen auch Punkte über die Fähigkeit zu springen, vor allem wenn sie begeistert darüber, den Punkt ja, ihren Punkt, endlich gefunden zu haben glauben, in eine Erregung oder einen Zustand der Exaltiertheit geraten – ist nicht nur dieser oder jener Umstand, diese oder jene Erkenntnis, sondern stellt ein für sich besehen denkwürdiges Phänomen dar.

Denn würde der Punkt, sobald er sein Ziel gefunden hat, begeistert weiterspringen, dann wäre es notwendig, den

Punkt tunlichst anzubinden. Weshalb aus logischer Sicht nicht nur von springenden, sondern auch von angebundenen Punkten gesprochen werden sollte.

Welche Zustände würden herrschen, liefen überall springende Punkte frei in der Landschaft umher? Welche Bedrohung würde ein solch höchst befremdliches und beängstigendes Szenario für die Öffentlichkeit darstellen? Wieviele Sicherheitskräfte wären allein mit der Aufgabe, ja, der die demokratische Grundordnung bedrohenden Herausforderung konfrontiert, da sich die springenden Punkte nicht um gesetzliche Vorgaben scheren würden? Und welches Maß an Arbeit wäre erforderlich, all die springenden oder gar umherpurzelnden Punkte wieder einzusammeln und in eigens dafür einzurichtende Sammellager zu bringen, bis über deren weiteres Schicksal entschieden würde?

Wie würde dann mit den Punkten weiterhin zu verfahren sein, wobei es gewiss keine einfache Lösung wäre, sie schlicht und einfach abzuschieben? Denn sie könnten sich aus dem Flugzeug stürzen, was einen Skandal verursachen und die gewählte Regierung zu Fall zu bringen in der Lage wäre.

Es wäre freilich keine reizvolle Angelegenheit", ging es Oskar K durch den Kopf, „mitzuerleben, wenn eine Regierung über die Klippe springen muss. Ich möchte kein Reporter sein. Nein, wie bin ich für meine Verhältnisse froh, vor meinem inzwischen in ein dezentes Braun verrührten Kaffee, dessen bessere Hälfte mich inzwischen schon von innen erwärmt, sitzen und meinen Gedanken nachgehen zu können, obgleich ich ihnen genau besehen meist hinterher hechle, bedenke ich all das, was mir die Gedanken einflößen!"

Oskar K schüttelte in einer Mischung aus Staunen und Nachdenklichkeit den Kopf. Vielleicht spürte er auch eine in eine ferne Angst getunkte Frage, ob er sich nicht überfordere, heute, an jenem Septembertag, an dem die Welt von besseren Tagen träumte, gegen den Strom des eigenen

Pflichtethos zu schwimmen, mit der Absicht, einen unprogrammatischen Tag einzulegen, dessen programmatischer Kern darin bestünde, kein Programm zu haben – obgleich dies einen letztlich nicht auflösbaren Widerspruch enthielt.

Es stellte, so ließe sich bei näherer Betrachtung sagen, ein Wagnis dar, gegen den Strom der eigenen Pflicht zu schwimmen, sich offen und kaffeetassenumrührend zum Programm des Unprogramms zu bekennen und den Mut zur Verwirklichung des Unprogramms einschließlich seiner denkbaren, möglicherweise tragischen Konsequenzen aufzubringen. Denn es wäre denkbar, dass sein Vorhaben des Unprogrammatischen scheitern könnte.

Wer würde zudem bemerkt haben, welchen Mut er, Oskar K, aufzubringen hatte, um einen neuen Gedanken, nämlich den des Unprogrammatischen zu verwirklichen? Wer würde sein inneres Ringen wahrgenommen haben? Wer käme auf die Idee, ihn für seinen Mut auszuzeichnen?

II

So sehr Oskar K es auch drehen und wenden mochte, war er zu der Einsicht gezwungen, dass außer ihm bislang noch niemand von seiner Entscheidung für das Unprogrammatische wusste. In der Tat, niemand auf der ganzen Welt. Es war alles andere als leicht, einen solchen Gedanken schon während des Frühstücks zuzulassen, einen Gedanken von Bedeutung, dessen programmatischer Kern das Bekenntnis zum Unprogramm enthielt.

Ließ Oskar K es ganz an sich herankommen, dass niemand auf dieser ganzen Welt bislang davon wusste, denn er hatte noch niemandem hiervon berichtet, dann, und soweit war er in der Logik von Gedanken und ihrer Lehre geschärft, würde es in der Tat niemand wissen.

Was, wenn ihm jetzt eine Erscheinung oder eine erscheinende Nichterscheinung wie sie nun einmal der Tod war, in diesem Moment und ohne geziemende Vorwarnung – denn solche Unhöflichkeiten brachte der Tod fertig, indem er manche Menschen nicht einmal zu Ende kauen oder fertig denken oder ihre amourösen Eskapaden beenden ließ – begegnen und, ohne anzuklopfen oder sich vorzustellen, mit den Worten in sein Leben hereinspazieren würde:

„Grüß Gott, Herr Oskar K, ich komme mit einer freundlichen Einladung zu einer einmaligen Reise. Darf ich Sie bitten, ohne Umschweife mit mir mitzukommen. Sie können selbstverständlich den Wunsch nach Bedenkzeit vorbringen oder gar Widerspruch einlegen. Aber es wird Ihnen keineswegs helfen. Selbst die allerhöchsten Gerichte werden sich nicht für zuständig erklären.

Es gibt jedoch keinen Anlass zur Sorge. Sie sind nicht verhaftet. Sie kommen auch nicht in ein Gefängnis oder ein Lager. Nein, gewiss nicht. Sie sind ein freier Mann. Sie gehen in Freiheit. Kommen Sie nur mit mir mit.

Ich wiederhole nochmals: Sie sind ein freier Mann. Sie dürfen mir glauben. Es handelt sich auch nicht um Freitod. Sie sind frei, so frei, dass Sie keine Alternative brauchen. Ja, Sie werden sehen, dass Sie noch nie so frei gewesen sind.

Freuen Sie sich, Herr Oskar K. Sie werden frei sein, auch gedankenfrei. Es wird keine Gedanken mehr geben, nur noch das alles durchdringende, alles durchschwebende Gefühl des Freiseins. Legen Sie jetzt bitte den Kaffeelöffel ganz sacht aus der Hand. Und legen Sie bitte auch den Kopf sacht auf den rechten Arm, besser, auf die rechte Hand, denn man muss sich nicht unbedingt den Kopf aufschlagen.

Möchten Sie vielleicht noch einen Gedanken denken? Während Sie vorsichtig den Kopf auf Ihre Hand legen, bereiten Sie sich keine Sorgen, dass niemand weiß, dass Sie sich vorgenommen hatten, sich einen freien Tag zu gestatten. Jeder Mensch nimmt etwas mit in sein Grab.

Genau diese Beobachtung mache ich auch bei all meinen anderen Kunden. Glauben Sie mir, ich habe eine sehr treue Kundschaft, denn alle kommen zu mir. Seien Sie gewiss, Herr Oskar K, die Angelegenheit mit der Unprogrammiertheit ist wahrlich nur eine völlig unerhebliche Kleinigkeit.

Sie haben den Versuch mit der Freiheit gewagt. Sehen Sie, der Versuch ist das Wichtigste. Hierfür erhalten Sie auch eine Anerkennung von mir, nämlich den Gedanken der völligen, durch nichts bekümmerten und durch keinen Gedanken bestäubten Gedankenfreiheit."

III

„Seltsam, welche Gedanken auf einen Menschen zukommen oder ihm gar in den Kopf gedrängt werden, unternimmt man nichts anderes, als den Versuch zu wagen, sich einen unprogrammatischen Tag, ja, ich möchte sagen, sich einen Tag der inneren Freiheit zu gönnen", dachte Oskar K leise. Wobei er nach einem kurzen Abgleiten in eine nachdenkliche Verfassung in eine seelische Befindlichkeit zurückschwang, in der sich die matte, unglasierte Tonfärbung der Kaffeetasse mitsamt ihres Inhalts, aus dem der Löffel in die Luft stach, wieder wirklicher vor seinem Bewusstsein abzeichnete.

„Dass ich mir von allerlei komplizierten, ich könnte sagen, mäanderartigen oder gar labyrinthischen Gedankengängen, die mich während der letzten Wochen im Zuge der Ausarbeitung meiner Abhandlung im Griff gehalten haben, Luft zu verschaffen versuchte, war ein nicht zu unterschätzender Schritt gewesen.

Es hatte einiger Mühe bedurft, mein beunruhigtes Gewissen zu beschwichtigen, aber dass nun ausgerechnet in dem Moment, als ich mich darauf vorbereitete, der reizvollen Vorstellung eines gedankenfreien Tages zu folgen, mir das Szenario des letzten Gedankengangs, der vermutlich ein Zwitterwesen im Sinn einer Verschmelzung von Gedanken und Gang ist, in den Sinn kommt, und dazu noch in einer so täuschend wirklichkeitsnahen Form, als sollte ich mich in der Art eines Rollenspiels schon jetzt auf ein irgendwann einmal eintreffendes Theaterstück vorbereiten, ist verblüffend. Es hat mich völlig überrrascht. Ich muss es zugeben.

Ich bin auch verwundert und habe keine Ahnung, wie es dazu kommen konnte.

Neulich las ich in der Zeitung, dass ein berühmter Opernstar mitten auf der Bühne zusammenbrach. Es heißt, dies sei ein schöner Tod. Vielleicht war es tatsächlich so. Es hat ihn sozusagen mitten in einem Lied oder einer berühmten Arie ‚erwischt', wie man sagt. Oder vielleicht mitten in einem Ton. Und dann ist auf einmal alles aus, endgültig aus.

Ein solches Ereignis ist traurig. Vielleicht hat es sich der Opernstar so gewünscht. Das wäre tröstlich. Ich würde es ihm wünschen. Aber vielleicht ist es letztlich gleichgültig, denn das Resultat ist immer das gleiche.

Aber für ihn, den Opersänger, war es wohl wichtig, dass er in der Wiege seiner Töne stirbt, den letzten Ton im Tod aushauchend, ließe sich poetisch sagen. Obwohl auch die größten Poeten für das Ereignis, während dessen ein Mensch, den letzten Atemzug einholend und dann den letzten, ja allerletzten Ton formend, seine Seele aushaucht, vielleicht nie die Worte finden würden, die diese sterbende Wirklichkeit letztlich zu erfassen vermögen.

Vielleicht existieren die Worte gar nicht, da niemand, der oder die es erlebt hat, die Möglichkeit hatte, das Geschehen in all seiner Größe und Tiefe und mit all seinen Facetten wirklichkeitstreu zu beschreiben.

Vielleicht müssen die Worte erst erfunden werden. Vielleicht stimmen weder die Gedanken noch die Fantasien. Vielleicht sind sie gänzlich, ja undenkbar anders. Vielleicht ist es der Hauch einer Todeslogik, wenn mir bedeutet wurde, ich sei ganz frei.

Ich solle mitkommen und dann würde ich erst sehen, wie frei ich sei. Erst wenn ich tot wäre, wäre ich ganz frei. So wurde es mir gesagt, jedoch ohne mir irgendeine nähere Erklärung vorzulegen.

Mir ein schriftliches Dokument, das ich bei meinem Rechtsanwalt hätte hinterlegen können, zu übergeben, weigerte sich der Tod. Stattdessen erhielt ich nur die lapidare Auskunft, die Gerichte würden sich nicht für zuständig erklären. Welch ein Rechtsstaat. Ich kann nur den Kopf schütteln.

Vielleicht nützen all diese Gedanken, die mich heute morgen auf meinen nur mit einer Tasse Kaffee getrösteten Magen überkamen, ganz und gar nichts. Vielleicht wollte mir der Tod nur etwas vorgaukeln. Vielleicht ist er verschlagen und lässt mich kaltblütig an einem harmlosen Bienenstich zugrunde gehen. Ich meine nicht die Kuchensorte, sondern den Stich einer Biene. Oder er weht mich mit einem heftigen Windstoß von einer hohen Brücke in einen tiefen Abgrund oder, ach, der unendlich Undurchschaubare spielt eine heimtückische Variante und lässt mich eines Morgens einfach nicht mehr aufwachen.

So führen all diese Gedanken nur ins Leere. Würde ich im Schlaf an das Ufer des Jenseits gezogen, verbliebe mir keine Zeit mehr, Bilanz zu ziehen. Vor dem tatsächlichen Ableben Bilanz zu ziehen, erscheint wenig sinnvoll, weil es genau besehen eine unfertige Bilanz wäre. Und welcher Wert liegt in unfertigen Bilanzen?

Es ist merkwürdig, von meinen Gedanken so intensiv in Atem gehalten zu werden. Aber jetzt trinke ich erst meinen Kaffee aus", sagte sich Oskar K, da kalter Kaffee kein guter Start für den Morgen wäre.

„Besser, ich befreie mich aus den Fesseln der schweren Gedanken und wende mich leichteren Gedankengängen zu", gab sich Oskar K in einem Ton zu verstehen, der keinen Zweifel ließ, dass er es ernst meinte, wobei die Person, der dieser Ernst galt, aufgrund der Abwesenheit anderer menschlicher Wesen, er selber war.

Da es Oskar K wirklich ernst mit sich meinte, sah er trotz der ihn überkommenden Gedanken, die ihn ohne Einholung einer Genehmigung geradezu überfallen und dann mit unverfrorener Selbstverständlichkeit unsichtbar an seinem Frühstückstisch Platz genommen hatten, davon ab, mit sich, und somit der eigenen Person, ins Gericht zu gehen.

Zwar verstand er sich als Realist, das heißt ein mit der Wirklichkeit, aber eben nicht mit dem Rechtswesen vertrauter Mensch. Daher musste er befürchten, dass die Anrufung des Rechtswegs und der hierfür zuständigen Instanzen eine schwierige und für ihn als Nichtjuristen undurchschaubare Angelegenheit darstellen könnte.

Das Undurchschaubare des Rechtlichen wirkte auf ihn beunruhigend, da es in seinen Entscheidungswegen und -prozessen letztlich unvorhersehbar war.

„Vielleicht", dachte Oskar K, „ist es ein Gütesiegel des Rechts, dass es seine Karten so dicht an die gerechte Brust presst und einen Menschen bis zur höchsten Instanz zittern lässt, ob wirklich Recht gesprochen wird, da Recht letztlich eine Frage der Interpretation ist."

So wusste Oskar K nicht, ob er einen langen Marsch durch die Rechtsinstanzen auf sich nehmen sollte, nicht nur aufgrund von mit hoher Wahrscheinlichkeit auf ihn zukommenden materiellen Einbußen, sondern auch aufgrund der zu befürchtenden nervlichen Belastung. Und schließlich aufgrund des Zitterns vor dem letzten, ja dem allerletzten, dem allerhöchsten, dem unwiderruflichsten Urteilsspruch.

Würde er verlieren und nicht mehr in die Revision gehen können und würde auch kein Gnadengesuch berücksichtigt werden, so würde er in der Tat gegen sich selbst unterliegen. Auch wenn er nur mit einer Schuldstrafe belangt würde – selbst wenn diese auf Bewährung ausgestellt wäre –, so würde er für den Rest seines Lebens als Verurteilter eingestuft sein.

Nach außen zwar ein anscheinend unbelasteter, freier Mann, der in Kürze eine Abhandlung über den Tiefgang höherer Gedankengänge erfolgreich abschließen und dann zur Druckerei bringen würde. Aber im Inneren ein vor sich selbst Verurteilter. Welch schlimmere Strafe gäbe es als die der Unnachsichtigkeit und die des gegenüber dem hohen Rechtsempfinden Ausgeliefertseins.

Es wäre eine Katastrophe, die um jeden Preis verhindert werden müsste. Es wäre ungleich besser, Gras über die Dinge wachsen zu lassen und nicht mit sich ins Gericht zu gehen angesichts einer so ungewissen Aussicht auf Erfolg und ohne die Unterstützung eines Verteidigers. Umso mehr als ein Verteidiger kaum in der Lage wäre zu verstehen, worum es wirklich geht und was der springende Punkt ist.

Ein Verteidiger würde es als seine Aufgabe ansehen, ihm, Oskar K, vor Augen zu führen, dass er keine Befürchtungen zu hegen habe, da es für die Streitigkeit, die er, Oskar K,

sähe, keinen juristisch relevanten Paragrafen gäbe.

Freilich, würde Oskar K dann einwenden, sei dies korrekt.

Es ginge jedoch um inneres Recht, um innere Rechtsverhält-

nisse, um innere Rechtswege, um innere Rechtsinstanzen

und inneres Rechtsempfinden und das sei, was ihm so viele

Sorgen bereiten und seine Gedanken so sehr beschäftigen

würde.

„Herr Oskar K", würde der Verteidiger nochmals betonen,

„beruhigen Sie sich. Ich versichere Ihnen, machen Sie sich

keine Gedanken. Sie brauchen gar nichts zu befürchten, denn

der Tatbestand, den Sie beschreiben, erfüllt keineswegs die

Kriterien eines Rechtsfalls. Schauen Sie, ich habe Jura, also

das Recht, über Jahre studiert, ein langes und anspruchs-

volles Studium. Und was Sie mir schildern, Herr Oskar K,

glauben Sie mir, das gibt es einfach nicht.

Es gibt ein sehr altes Recht, das bis auf die Römer der

Antike zurückgeht und das wir ihnen zu verdanken haben.

Zuerst haben sie die germanischen Wälder überfallen und

dann haben sie das Recht eingeführt, was gemeinhin als ein

Zivilisationsprozess bezeichnet wird.

Aber ich möchte nicht weitschweifig werden, Herr Oskar

K. Glauben Sie mir. Das, was Sie beschreiben, so sehr Sie

es auch beschäftigt, aus juristischer Sicht, und das gebe ich

Ihnen schwarz auf weiß, haben Sie gar nichts, absolut nichts

zu befürchten.

Ich rate Ihnen, wenden Sie Ihre Aufmerksamkeit anderen

Dingen zu. Schlagen Sie sich das, was Sie umtreibt, aus dem

Kopf. Ich bin überzeugt, Sie sind damit bestens beraten.

Sollten Sie wirklich ein Problem von eindeutig juristischer

Natur haben, melden Sie sich wieder bei mir. Ich werde Ihnen

dann selbstverständlich gern zur Verfügung stehen. In dieser

Angelegenheit kann ich Ihnen jedoch nicht dienlich sein."

Was konnte Oskar K hierauf sagen? „Es gibt keinen Zweifel. Es ist kompliziert", dachte sich Oskar K, „aber jetzt muss ich die Dinge entschiedener und bewusster in die Hand nehmen, sonst werde ich keinerlei Fortschritte mit der Aufgabe machen, die ich mir für den heutigen Tag vorgenommen habe.

Ich weiß, ich wollte heute mit Absicht nicht planen und mich unprogrammiert verhalten, aber die Zügel völlig schleifen zu lassen, ist wohl doch zu leger. Ich denke, ich sollte nun die Kaffeetasse spülen, denn wenn der Kaffee auf dem Boden der Tasse getrocknet ist, dauert der Spülvorgang länger, wozu ich Spülmittel brauche, was in den Zeiten, in denen ich lebe, nicht umwelthöflich ist. Zudem hilft mir vielleicht das Spülen, meine aufgewirbelten Gedanken herunter zu spülen.

Vielleicht hilft es mir auch, ein wenig aus dem Fenster zu schauen, denn angesichts all der hereinbrechenden, unprogrammierten Gedanken, die so ganz anders sind, als es meiner Vorstellung entsprach, habe ich heute noch nicht die Gelegenheit wahrgenommen, den Blick nach draußen zu werfen.

Es ist ein freundlicher Morgen. Das Licht ist angenehm friedlich. Der Himmel zeichnet sich durch eine Farbtönung aus, die ich als ein mildes Blau empfinde, sollte ich es beschreiben müssen. Andererseits reicht es jedoch, wenn ich mir diese Blaufärbung einfach ansehe, denn ich brauche sie niemandem zu beschreiben.

Dieses Blau erinnert mich an die Augen meiner Großmutter und den vor langer Zeit verstorbenen Großvater, an den ich mich noch dunkel erinnere. Ich glaube, er las mir Märchen vor. Er soll gern schweigend am Ofen gesessen haben. Damals gab es diese in leichtem Blau gehaltenen Kachelöfen. Angeblich soll der Großvater gedacht haben, worüber er jedoch nicht sprach. Vielleicht wurde er auch nicht gefragt, was ihm durch den Kopf ging und was er dachte. Ich muss gestehen, dass ich jetzt neugierig werde. Vielleicht war der Großvater ein stiller, in sich versunkener und vor dem knisternden Ofen sitzender Denker. Schriftwerke hat er, wie ich glaube, keine hinterlassen.

Vielleicht verhalf ihm das Denken vor dem Ofen, sich um den Abwasch zu drücken. Dann wäre es dem Großvater mithilfe des Denkens gelungen, eine ruhige Kugel zu schieben, ohne dass es jemand bemerkt hätte.

Vielleicht empfanden es die ihn Umgebenden sogar als eine Ehre, ihn bedienen zu dürfen, weil sie dachten, es sei eine große Ehre, mit einem großen Denker verwandt zu sein und ihm bei dem reibungslosen Ablauf seiner Denkprozesse behilflich zu sein, indem man ihm die Steine des Alltags aus dem Weg schubste oder sogar schleppte, damit er, der Großvater, auf seinen verwunschenen Denkpfaden ans Licht der Erkenntnis wandeln konnte, angelächelt von dem zarten Kachelblau des anmutig wärmenden Ofens.

Wie gern hätte ich ihn einmal ausgefragt. Aber leider ist er schon tot, nachdem er eines Abends friedlich am Kamin für immer einschlief. Zunächst wurde vermutet, er sei nur für kurze Zeit eingenickt, so wie es die Katzen tun, wenn sie von ihren Streifzügen zurückkommen und sich dann an den Ofen kuscheln, bis sie der Hunger zu neuen Taten antreibt.

Ich stelle mir vor, man versuchte, den Großvater aufzurütteln, kniff ihn vielleicht oder zog kräftig an ihm, bis man feststellte, dass er für immer eingeschlafen war, so heftig eingeschlafen und so unwiderruflich fest, dass er nie mehr aufwachen würde, weil er tot war.

Und dies war der entscheidende Punkt. Er war tot, ganz tot. Mausetot sagt man dazu, als gäbe es verschiedene Arten von Totsein, wie es verschiedene Arten von Leben gibt.

Wie unbegreiflich seltsam, dass ein Mensch am Kamin sitzt und noch dazu der eigene Großvater. Langsam und beinahe gemütlich senkt er die Augenlider und schließt friedlich die Augen, ohne dass ein wichtiges Wort über seine Lippen käme, da er ohnehin in dem Gedanken oder in dem Gefühl einschläft, dass er gewiss wieder aufwachen würde, schon allein aus dem Grund, um seine Gedanken zu Ende zu denken. Aber dann geschieht das Unglaubliche, ja, die Unerhörtheit, das Unvorhergesehene, dass er später, nach dem zu erwartenden Ende des Schlafs einfach nicht mehr aufwacht. Einfach nicht mehr aufwacht.

Die Katze wacht gewiss wieder auf. Aber der Großvater, den ich so gern gehabt habe und den ich gern viel länger gehabt hätte und den ich jetzt gern gefragt hätte, was er alles dachte, während er vor dem Ofen saß, wacht nicht mehr auf. Die Katze wacht auf. Aber der Großvater ist mausetot.

Ist es nicht ungerecht?

Ich habe völlig vergessen, dass ich die Kaffeetasse spülen wollte.

IV

Beinahe hätte ich mir die Hände verbrüht", klagte Oskar

K still vor sich hin, nachdem er unachtsam und voller Unge-

duld den Hahn für das heiße Wasser zu schnell geöffnet

hatte, um endlich die Kaffeetasse zu spülen. Gewiss hätte

er die Kaffeetasse ungespült belassen können, auch um

hierdurch einen winzigen, wenn auch sinnvollen Betrag zur

Verhütung der sich für das kommende Jahrtausend anbah-

nenden Wasserknappheit zu leisten, sowie einen Beitrag

gegen das Absinken des Jahr für Jahr unter seinen Füßen

sinkenden Grundwasserspiegels.

Zumindest hatte das vorschnelle Öffnen des Heißwas-

serhahns eine unprogammierte Komponente in Oskar Ks

Morgen eingeschleust. „Bald wird die Tasse gespült sein", sprach er zu sich in einer Vorfreude auf die Erwartung dessen, was dann auf ihn zukommen würde, als sei er nun tatsächlich, wenn auch in Ermangelung objektiver Beweise, den bisherigen Gedankengängen entkommen, die ein nicht nur überraschendes sondern auch belastendes Moment in sein bisheriges Frühstücksszenario eingefügt und die nun – so unhöflich unangemeldet wie sie gekommen waren – sich in den Hintergrund zurückgezogen hatten, um vielleicht, wie Oskar K mit leisem Verdacht befürchtete, in einer dunklen Ecke eine neue Attacke vorzubereiten.

„Tante Clementine", fuhr es Oskar K in den Sinn, als habe er sich die Wandlung seiner Stimmung zu einer unbeschwerteren Variante selbst zuzuschreiben, „sie sagte mir einmal, ich solle mein Herz über die Hürde werfen und ihm dann nachspringen."

„Nun, mein lieber Oskar", hatte sie damals mit einem Augenzwinkern gesagt, dessen sie im Unterschied zu den anderen Familienmitgliedern fähig war, „das sagt man so. Natürlich sollst du dir nicht wirklich dein Herz aus dem Leib reißen. Es wäre furchtbar, wenn du es tätest. Ich wollte es dir nur sagen, mein lieber Oskar, damit du nicht verwirrt bist. Es ist ein stehender Ausdruck, wie einige, die in der weiten Landschaft der Sprache umherstehen.

Jedermann benutzt sie, ohne darüber nachzudenken, so wie jeder die Straßenbahnhaltestelle, die an einer bestimmten Stelle der Straße steht, benutzt, ohne groß darüber nachzugrübeln, warum sie gerade an diesem Platz steht. Du siehst, was ich meine, mein lieber Oskar? Ich wollte dir nur Mut machen, mein Junge."

Und sie fuhr fort: „Mein lieber Oskar, weißt du, wenn ich so an mein Leben denke, dann denke ich, Mut ist wichtig. Der

Mut hat mich zwar nicht weit gebracht, aber einmal hat er mich weit gebracht."

Ich ahnte, wovon Tante Clementine jetzt sprechen würde. Ich sah es an dem stillen, sehnsuchtsvollen Lächeln, das wie ein feines Wölkchen über ihr Gesicht huschte.

„Ja, mein lieber Oskar, einmal hat es mir etwas gebracht. Ich war noch jung. Es war noch vor diesem schrecklichen, grausamen Krieg, in den zwanziger Jahren. Ich hatte eine kleine Summe Geld geerbt und da habe ich zu mir gesagt: ‚Clementine, du bist noch jung und jetzt fährst du in die große, weite Welt.'

Ich habe nicht lang überlegt und mich entschlossen, auf einem der eleganten, weißen Ozeandampfer nach Südamerika zu fahren und, bevor meine Eltern begriffen hatten, dass es kein Witz war, sondern dass ich es wirklich wollte, fuhr ich schon längst im Ozeanriesen auf dem Ozean und schaute über das weite Meer.

So konnten mich meine Eltern nicht mehr an Land holen. Ich hatte keine Angst. Aber die zu Hause sind wohl fast vor Angst gestorben, dass ihr kleines Clementinchen, denn ich war erst neunzehn Jahre alt, vielleicht ins Wasser fällt. Mein lieber Oskar, du weißt, was passiert, wenn man ins Wasser fällt. Ich will dir nur sagen, dann hättest du keine Tante Clementine gehabt."

„Ach, Tante Clementine, das wäre so schade und traurig gewesen", sagte ich. Aber Tante Clementine hatte nun einmal Humor und erwiderte: „Nur nicht übertreiben, mein lieber Oskar", und fuhr dann fort: „Immer, wenn ich an diese Überfahrt über das riesengroße Meer denke, komme ich ins Schwärmen.

Es gab so köstlich feines Essen und nachts die silbernen Sterne und immer flotte Musik. Ich habe es so richtig aus ganzem Herzen genossen und, na ja, man hat sich eben amüsiert", wobei Tante Clementine zu dem Wort ‚man' griff und das ü sehr lang ausdehnte, ohne in Einzelheiten zu gehen.

Was Tante Clementine mit ‚sich amüsieren' meinte, führte sie nicht weiter aus. Jedoch war die damalige große Fahrt über das unermessliche Meer in die weite Ferne für sie ein unvergleichliches, ja, magisches Erlebnis, das wie ein seltener Edelstein über dem Bogen ihres Lebens glänzte, wobei es einen in seltsame Rätselhaftigkeit getauchten Fleck zu geben schien – La Plata.

V

„Mein lieber Oskar", sagte Tante Clementine, „ich weiß gar nicht, warum ich dir das erzähle, aber dann war da noch La Plata."

„Was war mit La Plata?", fragte ich sie.

„Du weißt doch, mein lieber Oskar, das ist der Name für eine Stadt an einer großen Meeresbucht, dem Rio de la Plata, in Argentinien."

„Ach so", antwortete ich erstaunt.

„Na siehst du, mein Junge. Ich brauche dir nur einen kleinen Anstoß zu geben und schon hast du es verstanden. Ich wusste ja immer, wie intelligent du bist. Du wirst es noch weit bringen."

„Vielleicht nicht so weit wie du, Tante Clementine", entgegnete ich recht gewitzt, „denn du bist bis La Plata gekommen und vermutlich werde ich nie soweit kommen."

„Ach, jetzt willst du mich aber foppen! Ich meine doch, mein lieber Oskar, dass du es zu Großem bringen wirst."

Darauf konnte ich schwerlich antworten. Es war auch nicht wesentlich, denn La Plata war der springende Punkt und so fragte ich nochmals: „Tante Clementine, was war denn mit La Plata?"

„Du weißt, es gab später ein riesiges Schlachtschiff mit unglaublich großen Kanonen. Das Schlachtschiff hieß Admiral Graf Spee."

„Das wusste ich nicht, Tante Clementine", sagte ich ihr und es war die Wahrheit.

„Ja, mein lieber Oskar, dieses riesengroße Schlachtschiff ist im Rio de la Plata umzingelt worden und dann hat es sich selbst versenkt."

„Ist es richtig untergangen?", fragte ich tief erstaunt, weil ich nicht begreifen konnte, dass sich ein so riesengroßes Schlachtschiff mit so riesengroßen Kanonen selbst versenken wollte.

„Mein lieber Oskar, so war es, ganz genau so."

„Hast du den Untergang des Schlachtschiffs denn gesehen?", fragte ich Tante Clementine und mir wurde unheimlich.

„Nein, mein lieber Oskar, ich sah nicht, wie das Schlachtschiff unterging, denn das geschah doch Jahre später."

Jetzt war ich verwirrt.

„Aber, Tante Clementine, du hast doch gesagt, da war etwas in La Plata?"

„Lieber Oskar, wo du mich so genau fragst. Es ist etwas versenkt worden. Aber das war etwas anderes."

„Was denn, Tante Clementine? War es der große Ozeandampfer, auf dem du nach Südamerika gefahren bist?"

„Nein. Das verstehst du nicht. Dafür bist du noch zu klein, mein Junge."

„Tante Clementine kannst du es mir nicht sagen oder wenigstens das Wort? Ich kann es mir merken und, wenn ich einmal so groß bin wie du, dann werde ich es vielleicht verstehen."

„Du bist wirklich ein Schlingel. Was soll ich denn nur machen?"

„Sag mir einfach das Wort."

„Nun, gut, mein lieber Oskar. Es war so. Ich habe da meine Unschuld versenkt."

„Ach. Und wie schwer war die Unschuld? Hättest du dir keinen Taucher holen können, um die Unschuld nach oben zu holen?"

„Mein Junge", und dieses Mal sagte Tante Clementine das ‚mein Junge' noch liebenswerter als sonst, „was für einen süßen Vorschlag du machst. Das war leider nicht möglich.

Und so bin ich ohne die Unschuld später wieder nach Europa zurückgereist."

„Weißt du, Tante Clementine, es ist wirklich traurig, dass du deine Unschuld damals versenkt hast. Vielleicht liegt sie noch immer auf dem Meeresgrund. Aber ich hab dich auch ohne die Unschuld so gern und wenn ich einmal richtig groß bin, fahren wir zusammen nach La Plata. Dann kann ich selbst tauchen. Vielleicht werde ich die Unschuld finden, auch wenn sie dann schon ein bisschen verrostet sein wird. Aber das macht nichts. Und du zeigst mir, wo du damals überall gewesen bist."

„Was für eine schöne Idee", antwortete Tante Clementine voller Rührung, „das machen wir. Ich werde dir auch beim Sparen für die große Ozeanreise helfen."

„Danke, Tante Clementine", sagte ich ihr.

Es war sehr großzügig und rührend von Tante Clementine.

Einige Jahre habe ich gespart. Aber traurigerweise starb sie, bevor ich richtig groß war.

„Wie schade, dass ich nicht mit Tante Clementine auf diese große Reise gehen konnte. Erst viel später kam mir der Gedanke, warum Tante Clementine wohl so weit reisen musste, um in La Plata ihre Unschuld zu versenken.

Ob sie es mir heute sagen würde?", fragte sich Oskar K, als er nachdenklich die gespülte Kaffeetasse, die er in spätestens drei Stunden wieder benützen würde, auf das Abtropfgestell stellte.

„Meine liebe Tante Clementine, ich denke, du musst die Freiheit sehr geliebt haben."

VI

„Ich lasse die Tasse auf dem Abtropfgestell stehen", sagte Oskar K zu sich. „Ich denke, ich brauche sie nicht abzutrocknen. Die Zeit spare ich mir. Warum soll ich mir unnötige Arbeit machen, wenn die Tasse auch von allein trocknen kann. Ein bisschen Denken schadet auch bei der Hausarbeit nicht. Ich weiß, es würde einen ordentlicheren Eindruck machen, wenn ich die Tasse gleich an ihren vorgesehenen Platz im Schrank stelle. Aber heute wird ohnehin niemand kommen, der daran Anstoß nehmen würde. Ich sollte auch den Tisch abwischen. Brot gegessen und Krümel hinterlassen habe ich nicht, aber das Abwischen schadet gewiss nicht. Hier in der Stadt gibt es viel Staub und da sollte ich

zusehen, mit dem Staubwischen nicht allzu sehr ins Hinter-
treffen zu geraten.

Zudem kann ich auch mein Denken anwenden, obwohl
ich es heute nicht tun wollte. Oder soll ich versuchen, unprogrammiert zu denken? Was wird wohl werden, wenn ich
unprogrammiert den Tisch abwische? Wäre dies erfolgreich?

Was hätte Tante Clementine gesagt? Ich weiß es nicht, da
ich sie nie über das Staubwischen befragt habe. Aber vielleicht hätte sie gesagt: ‚Mein lieber Junge, mach dir nicht zu
viele Sorgen um das Staubwischen. Wir werden alle einmal
zu Staub. Vielleicht ist es besser, man gewöhnt sich recht-
zeitig daran. Jedenfalls staubwische mich bitte nicht, wenn
ich einmal gestorben bin.‘

Dann hätte sie wohl schelmisch gegrinst, die Tante
Clementine. Sie hatte wirklich Humor und konnte sogar über
ihren eigenen Tod lachen.

Es ist allerhand, über den eigenen Staub zu lachen. Sie war ein Unikum, die Tante Clementine. Vielleicht lass ich es doch mit dem Staubwischen für heute. Vielleicht ist es nicht so schlimm, wie ich dachte.

Tante Clementine würde gewiss gesagt haben: ‚Mein lieber Oskar mach dir einen schönen Tag. Von dem bisschen Staub auf dem Tisch wirst du keine Staublunge bekommen.' Den Stuhl sollte ich jedoch wieder ordentlich hinstellen. Es muss nicht so ordentlich aussehen wie in einer Kirche, aber halt ein bisschen ordentlich. Stil nenne ich es. Pflegt man im Denken seinen Stil und pflegt den Umgang mit den Gedanken, sollte sich das auch in der Lebensform widerspiegeln. Ich glaube nicht, dass es möglich ist, ordentlich und klar zu denken und dabei sich in einem Chaos zu bewegen, womit ich nicht sagen möchte, dass ein schief stehender Stuhl gleich mit Chaos gleichzusetzen wäre. Ich möchte nur sagen, dass ein gewisser Zusammenhang zwischen dem ordentlichen Ablauf im inneren Leben und dem, was man nach außen hin tut, bestehen sollte.

Natürlich könnte ich ausprobieren, den Stuhl heute in einer anderen Position in den Raum zu stellen, was ein kleines und nur für mich allein gedachtes Experiment wäre.

Ich probiere es einfach und, siehe da, es trifft tatsächlich zu – alles ändert sich ein bisschen. Die Beziehung zwischen Tisch und Stuhl verwandelt sich und selbst der Raum ändert sich spürbar. Wie und in welcher Form weiß ich nicht so recht. Es ist schwer, es in Worte zu fassen.

Denn ich beschäftige mich nur mit Gedanken und zwar den theoretischen Aspekten von Gedanken, die so hochtheoretisch sind, weil im Grunde genommen niemand weiß, was ein Gedanke wirklich ist.

Wie schön wäre es, wenn es mir möglich wäre, ähnlich wie einen Stuhl einen Gedanken in den Raum zu stellen, und zwar in einen Raum, der ansonsten leer und weiß gekalkt ist und ein Fenster hat. In der Mitte dieses Raums steht weder ein Stuhl noch ein Tisch, sondern ein Gedanke.

Was für einen Aufruhr würde es geben! Es würde gewiss in die Zeitung kommen und man würde mir sagen: ‚Herr Oskar K, es ist doch unerhört, zu behaupten, dass in der Mitte des Raums ein Gedanke steht. Das können Sie doch gar nicht beweisen. Wie kommen Sie zu einer solchen grotesken Vorstellung? Haben Sie keine Schulausbildung absolviert, wo man lernte, dass es nicht möglich ist, einen solchen Unsinn, ja wirklichen Unsinn, denn es ist nichts weiter als grober Unsinn, zu behaupten?

Herr Oskar K, was haben Sie überhaupt studiert und wo haben Sie studiert? Ja, also bitte, das hätten wir nicht von Ihnen gedacht! Da können wir Ihnen nur eines empfehlen: Nehmen Sie das, was Sie gesagt haben, schleunigst zurück, und zwar, bevor wir es Ihnen verbieten. Die Möglichkeit des ehrenvollen Rückzugs räumen wir Ihnen noch ein. Dann geben Sie bitte eine Erklärung ab, am besten über Ihren Rechtsanwalt, in der Sie Ihren unsinnigen Raum-Gedanken widerrufen.

Erst dann werden wir uns in der Lage sehen, wieder mit Ihnen zu reden. Für die nächste Zeit empfehlen wir Ihnen dringend, Herr Oskar K, und möchten ausdrücklich betonen, dass wir es gut mit Ihnen meinen: Halten Sie den Mund und, bitte, gehen Sie in sich.'

Aber wie soll ich denn in mich gehen? Ich kann es nicht. Es ist schlichtweg unmöglich, denn ich habe doch nur einen Körper, in den ich weder hineingehen noch hineinkriechen kann. Wie soll ich das nur anstellen?

,Ja', würde man sagen, ,stellen Sie sich nicht so an, Herr Oskar K. Wir sagen es Ihnen nur einmal und wir haben es Ihnen klar und deutlich gesagt und wir haben es gut gemeint: Herr Oskar K, gehen Sie in sich. Wir können und wir wollen es Ihnen nicht befehlen. Wir wollen es Ihnen nur sagen und wenn Sie, Herr Oskar K, solche Sachen verkünden, nämlich, dass in einem Raum nur ein Gedanke steht und wenn Sie das einfach so sagen, dann müssen wir unmissverständlich sein und Sie, Herr Oskar K, müssen dann mit den Konsequenzen leben, wenn Sie nicht in sich gehen und auf der anderen Seite wieder vernünftig herauskommen.'

Du meine Güte", sagte sich Oskar K, „ich glaube, jetzt habe ich wirklich kein Bedürfnis mehr, Staub zu wischen oder gar ans Staubwischen zu denken oder Stühle noch weiter zu verrücken oder ans Verrücken zu denken. Wie spät ist es eigentlich? Zehn Minuten nach zehn Uhr morgens. Um neun Uhr hatte ich den Entschluss gefasst, heute einen unprogrammatischen Tag zu haben, aber jetzt vergeht mir die Lust an diesem Vorhaben. Was soll ich nur tun?

Tante Clementine, kannst du nicht einmal kurz aus deinem verstaubten Zustand zu mir kommen? Gib mir einen kleinen Tipp. Ich bitte dich sehr. Du hattest immer so gute Einfälle.

Wie schade, dass wir die Reise nach La Plata nicht machen

konnten.

VII

Wie hat es doch die Amsel auf dem Fenstersims so leicht", sagte Oskar K zu sich, als er, nachdem er ihrer gewahr geworden war, auf der Couch Platz genommen hatte.

„Die Amsel braucht sich um vieles nicht zu kümmern, wie beispielsweise um die Gedanken, die im Raum stehen. Sie hebt nach Lust und Laune ab, um sich in die Lüfte zu schwingen. Da zieht sie dann ihre Kreise, solange es ihr behagt. Hat sie Hunger, hält sie nach Essbarem Ausschau. Um den Abwasch braucht sie sich auch nicht zu kümmern, obgleich ich sagen muss, dass so viel bei mir auch nicht anfällt.

Die Flügel weit zu öffnen, abzuheben und mich dann in die Lüfte schwingen, würde mir gewiss Spaß machen. Natürlich müsste ich an Gewicht verlieren. Anfangs hätte ich wohl Angst abzustürzen, wenn ich aus der Höhe in die Tiefe blicke. Aber dann würde ich mich vermutlich daran gewöhnen und wäre in der Lage, so hoch dort oben meine Gedankenkreise zu ziehen. Was sage ich da, ich meine, meine Flugkreise zu ziehen und mich vom Wind bald in die eine und bald in die andere Richtung treiben zu lassen und allmählich das Gefühl für die Schwerkraft zu verlieren. Vielleicht wäre es mir möglich, auf diese Art und Weise einmal nach La Plata zu reisen.

Wie gut hat es doch ein Vogel im Vergleich zu mir, der ich hier wie festgelötet auf meiner Couch sitze und willentlicher Anstrengung bedarf, um meinen Körper von der Couch zu erheben, wozu ich im Moment zu träge bin. Tante Clementine, im Grunde warst auch du ein seltsamer Vogel. Ich denke, dass dieser schreckliche Krieg, wie du immer gesagt hast, nicht gekommen wäre — und du hast immer wieder gesagt, der Krieg wäre nicht gekommen, wenn alle Männer auf weißen Ozeandampfern nach La Plata zum Amüsieren gefahren wären und die Generäle selbst hätten schießen müssen. So wäre der Krieg sehr schnell beendet gewesen.

Tante Clementine, du hattest schon ungewöhnliche Ansichten. Du warst ein wirklich seltsamer Vogel. Vielleicht hast du im verkehrten Jahrhundert gelebt. Wie schade, dass du jetzt nicht neben mir hier auf der Couch sitzen kannst.

Wenn ich zu dir gesagt hätte, ‚Tante Clementine, du bist schon ein seltsamer Vogel‘, dann hättest du gewiss geschmunzelt und gesagt, ‚mein Junge, was du dir herausnimmst, so einer alten Tante gegenüber‘. Aber dann hättest du so mächtig gelacht, dass dein ganzer Körper gewackelt hätte.

Sie war schon ein Unikum, die Tante Clementine", dachte Oskar K. „Manche Menschen gibt es nur einmal. Ich weiß nicht, warum ich immer wieder auf sie stoße. Vielleicht verfügte sie wirklich über eine magnetische Anziehungskraft, obgleich sie nie etwas von mir forderte.

Eigentlich war es mein Wunsch, den heutigen Tag einem persönlichen Anliegen zu widmen, eben der Unprogrammiertheit. Aber schon kommt mir immer wieder Tante Clementine in den Sinn, obwohl sie schon so lang tot ist.

Auf eine seltsame Art und Weise lebt sie trotzdem immer weiter. Wie merkwürdig, dass sie mir heute so nahekommt. Beinahe ist es so, als säße sie neben mir auf der Couch, die Tante Clementine. Als ob sie wieder anfangen würde mit ihrer sonorigen Stimme: ‚Ja, mein lieber Oskar, mein Junge, da war noch etwas, und das war La Plata.'

In welchem Tonfall sie das Wort La Plata aussprach. Es hatte einen silbrigen Klang. Das war es wohl auch für Tante

Clementine, und ich, der kleine Oskar, war wohl der einzige Mensch gewesen, mit dem sie darüber gesprochen hat.

Ich vermag es mir kaum vorzustellen. Da entschließt sie sich mit neunzehn Jahren zu dieser großen Reise, weil sie das so will, und bespricht es nicht mit ihrer zahlreichen Verwandtschaft, die immer dachte, sie, die Clementine, sei nicht so ganz, sagen wir, vernünftig. Was sie jedoch wirklich meinten war, dass sie, die Clementine, nicht ganz dicht war.

Aber Tante Clementine erkundigte sich auf eigene Faust, besorgte sich die Fahrkarte im Reisebüro, denn sie war, wie sie sagte, mündig, und dann fuhr sie auf dem Riesenschiff über das riesengroße Meer in Richtung eines fremden Kontinents.

Sie kannte keine Menschenseele und kein Spanisch. Sie sah attraktiv aus und hatte einen reizvollen Charme. Wie mutig sie war. Von den Eltern verabschiedete sie sich nicht, denn die hätten sie sofort nach Hause gezerrt und von einem

Psychiater auf ihren Geisteszustand untersuchen lassen. Da verzichtete Tante Clementine lieber auf das Winken mit den weißen Taschentüchern. Post bekam sie die ganze Zeit wohl auch nicht. Die Post dauert heute noch lang und damals dauerte sie wohl Wochen. So schlug sich Tante Clementine ganz allein durch.

Was ging Tante Clementine durch den Kopf, als sie an der Reling des riesengroßen, weißen Ozeandampfers stand und über das unendlich weite, blaue Meer sah, über das hohe Wolken zogen? Was mag in ihr vorgegangen sein? Mitten auf dem Ozean zwischen den Kontinenten, der eine weit hinter dem einen Horizont und der andere weit hinter dem anderen Horizont gelegen.

Damals sagte mir Tante Clementine, habe sie sich amüsiert. Aber vielleicht fühlte sie sich so manches Mal doch allein in ihrer Kajüte mit dem Bullauge und dem niemals endenden Schwanken. Dass sie seekrank geworden wäre, hat sie niemals erwähnt. Sie war wohl wirklich widerstands-

fähig, obwohl sie niemals hart oder streng war – eine so

liebe Seele in einer erstaunlich festen Schale.

VIII

Da steht sie mit ihren neunzehn Jahren und schaut über diese blaue, unendliche Fläche. Schon allerhand, was in ihr steckte. Aber zuhause dachten sie alle, die Clementine, die spinnt. Wie kann sie nur abhauen? Die armen Eltern. Die Clementine ist schon sehr verantwortungslos und leichtsinnig, ja, überhaupt diese Jugend. Vielleicht wünschte man sich bei ihr zuhause insgeheim, dass die Clementine am besten in Argentinien ihre Wurzeln schlägt. Denn wer so ungezogen ist, sollte bleiben, wo der Pfeffer wächst.

Schließlich wollte sie unbedingt da hin. So hat man wohl zuhause über Tante Clementine gedacht. Aber sie hat darüber nie ein Wort verloren. Vielleicht dachte sie, es wäre sinnlos, darüber zu sprechen. Dann kam ohnehin der große, schreckliche Krieg. Auch darüber hat sie nie viel gesprochen. Doch weiß ich und habe es gespürt, wie schrecklich sie den Krieg fand. ‚Er war so grausam sinnlos dieser Krieg‘, sagte sie. Immer wieder sagte sie: ‚Mein lieber Oskar, dieser entsetzliche, grausame, sinnlose Krieg.‘ Es waren die einzigen Momente, wo Tante Clementine so traurig, ja tieftraurig war.

Das Bild, das ich von ihr behalten habe, ist, wie sie auf dem Ozeandampfer steht und in die grenzenlose Ferne schaut. Hätte man sie gefragt, was sie dachte, dann hätte sie wohl gesagt: ‚Das weiß ich gar nicht, ich bin doch keine Intellektuelle, oder wie man das nennt. Ach, denken, nun ja, man hat eben nicht alles in diesem Leben.‘

Dann hätte sie den Frager oder die Fragerin vielleicht lang und nachdenklich angesehen, jedoch mit dem ihr eigenen Charme.

IX

Jetzt sitz ich hier an diesem Ort

und der Vogel ist schon fort",

reimte es sich unvermuteterweise in Oskar K, als er erwog,

ob er sich noch eine Tasse Kaffee gönnen solle, obgleich ihm

bewusst war, dass es dazu noch zu früh wäre. Denn es war

erst viertel nach zehn Uhr morgens und selbst die Post war

noch nicht gekommen. Sie kam immer erst gegen halb elf

Uhr durch den Briefschlitz in der Tür. Zudem war die Kaffee-

tasse, die er gerade gespült hatte, noch nicht trocken.

„Ja, und Tante Clementine

mochte gern 'ne Lilie,

ach, welchen Blödsinn denke ich mir zusammen", ermahnte sich Oskar K im Stillen. „Solche dummen Verse. Ich glaube, es geht nicht mehr mit rechten Dingen zu. Da hätte wohl selbst Tante Clementine vewundert geguckt. Vielleicht mochte sie auch keine Lilien.

Aber zumindest stimmt es, dass die Amsel fort ist. Sie ist tatsächlich weggeflogen. Ich sitze noch immer hier auf der Couch und bin bislang noch nicht sehr weit gekommen, außer dass ich Kaffee getrunken, die Kaffeetasse gespült und überlegt habe, den Tisch abzuwischen und mich ansonsten mit Gedanken und Erinnerungen beschäftigt habe, oder soll ich sagen, in ihnen geschwelgt habe? Nein, schwelgen ist nicht der richtige Ausdruck. Die Gedanken und Erinnerungen sind einfach zu mir gekommen und ich weiß nicht, warum sie gekommen sind.

X

Jetzt sitz ich hier an diesem Ort,

da trägt mich das Erinnern fort",

ging es Oskar K durch den Kopf.

„Schon wieder ein merkwürdiger Reim. Ich denke, ich bin

wohl doch noch nicht richtig ausgeschlafen und bräuchte

noch etwas Kaffee. Dann wird es mir klarer im Kopf werden.

La Plata am Meer,

denk ich sehnsuchtsschwer.

Da hab ich was verloren,

so ganz hoch auserkoren.

Schnell den Kaffee gemacht", ermahnte sich Oskar K,
„die Verse ziehen mich allmählich zu sehr in die Arme der
Sentimentalität. Kaum gestatte ich mir einen unprogrammierten, freien Tag und lasse die abstrakten, gedanklichen
Angelegenheiten einmal auf sich beruhen, bewegt sich alles
in eine völlig unvorhergesehene Richtung.

Soll ich meinen Tag des Unprogramms doch aus dem
Programm streichen? Wie soll ich mich nur morgen wieder
auf die theoretische Materie konzentrieren?

Ein bisschen Wasser für eine halbe Tasse Kaffee und
Milch, all das bereite ich schon vor, jetzt nur noch das Wasser
zum Kochen aufgesetzt und ein Weilchen warten.

Auf dem blauen Ozean

fahr ich in dem weißen Riesenkahn.

Ich sehe nachts den Mond,

der hängt am Horizont.

Ich weiß nicht, was ich tu.

Ich denke nicht, ich schau nur immerzu.

Das Wasser sollte jetzt heiß sein. Ich brauche wirklich

meinen Kaffee!

Am Rio de la Plata,

in Südamerika,

da hat es sich gelenkt,

dass ich die Unschuld hab versenkt.

Eine Untertasse brauche ich noch, damit ich nicht

kleckere. Das wäre zu schade für die Couch. Die Reinigung

von Flecken ist teuer. Ein bisschen umgerührt und noch

etwas mehr Milch dazu, so ist's gut. Der Kaffee tut mir richtig

gut und ich hoffe, dass ich bald klar im Kopf werde. Unpro-

grammiertsein ist viel anstrengender als ich dachte.

Ich ging auf eine lange Reise

ganz tief in einen Kontinent,

wo niemand meinen Namen kennt.

Da war ich jung und schön

und hatte Augen blau wie Feen.

Am Rio de la Plata,

in Südamerika,

da isst man Mango

und tanzt den Tango.

Da war ich mal

sentimental,

so ganz fatal.

Am Rio de la Plata ...

XI

Ich fühle mich wie ein Odysseus auf dem trockenen Meeresboden", sagte Oskar K in nachdenklicher Verfassung zu sich selbst.

„Es ist jetzt schon halb elf, die Post ist immer noch nicht gekommen und ich treibe hilf- und heillos zwischen der Scylla eines klaren gedanklichen Programms und der Charybdis der Unprogrammiertheit dahin.

Wie leicht und unkompliziert hatte ich es mir vorgestellt. Aber es ist noch komplizierter geworden als die komplizierten Gedankenlabyrinthe, durch die ich mich in den letzten Wochen hindurch geplagt habe. Zudem haben sich die Dinge heute früh so völlig unerwartet entwickelt.

Ich weiß nicht, was noch alles auf mich zukommen wird. Es beunruhigt mich schon, was plötzlich am Horizont auftauchen könnte. Ich glaube, Tante Clementine sagte mir einmal: ‚Oskar, mein lieber Junge, was Freiheit ist, ja, das ist anders als man denkt.' Mehr sagte sie dann nicht."

Und damit trank Oskar K den letzten Schluck seiner Tasse Kaffee.

„Vielleicht werde ich heute noch einige Tassen Kaffee brauchen. Mit der Weiterarbeit an meiner Abhandlung werde ich heute aber nicht mehr beginnen. Möglicherweise wird der heutige Tag ein vergeudeter Tag sein. Aber wenn ich mir schon einmal vorgenommen habe, einen Tag des Unprogramms auszurufen, will ich ihn auch einhalten. Tante Clementine hätte es auch so gesehen. So lasse ich den Tag jetzt auf mich zukommen.

Eines weiß ich jedoch schon. Die Idee, die mir gerade

kam, ist kein Programm, weil sie so spontan gekommen ist.

Heute abend möchte ich in den Zirkus gehen.

Ja, das werde ich machen.

Ich werde bestimmt lachen, so wie früher mit Tante

Clementine ..."

Der Verfasser des Vorwortes Boris C. Motzki

arbeitet als Dramaturg am Staatstheater Mainz und ist

freischaffender Regisseur und Autor.

www.borismotzki.de

www.favouriteplays.de

DANK

Es ist mir eine große Freude, Susanne Kraft dafür zu danken, die Gedankenreise von Oskar K mit großem sprachlichem Feingefühl und Orientierungssinn zu begleiten; und Uwe Kohlhammer für die bewundernswerte Begabung für Design und künstlerisches Flair zu danken, die in der Buchgestaltung zum Ausdruck kommen; und Boris C. Motzki für das mit reichen literarischen Bezügen zur Literatur vibrierende lebendige Vorwort zu *Oskars Wagnis* zu danken.

BÜCHER VON HILDEGUND HEINL
UND PETER HEINL

IM THINKAEON VERLAG

Neu erschienen als Buch und als EBook

**UND WIEDER
BLÜHEN DIE ROSEN**

Mein Leben nach dem Schlaganfall

Erstmals erschienen bei Kösel, München, 2001

Heinl, H.: Thinkaeon, London, 2015
(Neuauflage)

Erhältlich über www.Amazon.de

Peter Heinl

›Maikäfer flieg, dein Vater ist im Krieg ...‹

Seelische Wunden aus der Kriegskindheit

„MAIKÄFER FLIEG, DEIN VATER IST IM KRIEG ..."

Seelische Wunden aus der Kriegskindheit

Heinl, P.: Kösel, München, 1994, (8. Auflage)

Neu erschienen als Buch und als EBook

„MAIKÄFER FLIEG, DEIN VATER IST IM KRIEG ..."

Seelische Wunden aus der Kriegskindheit

Erstmals erschienen bei Kösel, München, 1994

Heinl, P.: Thinkaeon, London, 2015

(Neuauflage)

Erhältlich über www.Amazon.de

KÖRPERSCHMERZ-
SEELENSCHMERZ

Die Psychosomatik des Bewegungssystems
Ein Leitfaden

Heinl, H. und Heinl. P.: Kösel, München 2004
(6. Auflage)

Neu erschienen als Buch und als EBook

KÖRPERSCHMERZ-
SEELENSCHMERZ

Die Psychosomatik des Bewegungssystems
Ein Leitfaden

Erstmals erschienen bei Kösel, München, 2004

Heinl, H. und Heinl. P.: Thinkaeon, London, 2015
(Neuauflage)

Erhältlich über www.Amazon.de

Neu erschienen als Buch und als EBook

LICHT IN DEN OZEAN DES UNBEWUSSTEN

Vom intuitiven Denken zur Intuitiven Diagnostik
Ein Leitfaden in den Denkraum

Heinl, P.: Thinkaeon, London, 2014

Erhältlich über www.Amazon.de

Soon available

LIGHT INTO THE OCEAN OF THE UNCONSCIOUS

From Intuitive Thinking to Intuitive Diagnostics
A Path into the Realm of Thinking

Heinl, P.: Thinkaeon, London, 2019

Soon available via Amazon

Neu erschienen als Buch und als EBook

SPLINTERED INNOCENCE

An Intuitive Approach to Treating War Trauma

Erstmals erschienen bei Routledge, London-New York, 2001

Heinl, P.: Thinkaeon, London, 2015

(Neuauflage)

Erhältlich über www.Amazon.de

Neu erschienen als Buch und als EBook

SCHLAFLOSER MOND

Im Labyrinth des Chronischen
Erschöpfungssyndroms

Heinl, P.: Thinkaeon, London, 2016

Erhältlich über www.Amazon.de

Neu erschienen als Buch und als EBook

LAVATANZ

Worte im schwebenden Raum

Heinl, P.: Thinkaeon, London, 2016

Erhältlich über www.Amazon.de

Neu erschienen als Buch und als EBook

ESTHER K.
GENANNT EMMA

Eine Märchenfantasie

Heinl, P.: Thinkaeon, London, 2016

Erhältlich über www.Amazon.de

Neu erschienen als Buch und als EBook

LICHTSCHNEE

im Wortraum

Heinl, P.: Thinkaeon, London, 2016

Erhältlich über www.Amazon.de

Neu erschienen als Buch und als EBook

DIE TAGE AM WORTSEE

Roman

Heinl, P.: Thinkaeon, London, 2016

Erhältlich über www.Amazon.de

Neu erschienen als Buch und als EBook

VERSECIRCUS

Heinl, P.: Thinkaeon, London, 2016

Erhältlich über www.Amazon.de

Neu erschienen als Buch und als EBook

WEISSES
MARIONETTENPFERDCHEN

Theaterspiel

Heinl, P.: Thinkaeon, London, 2017

Erhältlich über www.Amazon.de

Neu erschienen als Buch und als EBook

DIE TÜRME DER ERINNERUNG
Erzählung

Heinl, P.: Thinkaeon, London, 2017

Erhältlich über www.Amazon.de

Neu erschienen als Buch und als EBook

STUFENGESANG
Erzählung

Heinl, P.: Thinkaeon, London, 2017

Erhältlich über www.Amazon.de

Neu erschienen als Buch und als EBook

IM KÄFIG

Theaterstück

Heinl, P.: Thinkaeon, London, 2017

Erhältlich über www.Amazon.de

Neu erschienen als Buch und als EBook

TRAUMBAUM

Gedichte

Heinl, P.: Thinkaeon, London, 2017

Erhältlich über www.Amazon.de

Neu erschienen als Buch und als EBook

DAS ORAKEL DER BRÜCKE

Erzählung

Heinl, P.: Thinkaeon, London, 2017

Erhältlich über www.Amazon.de

Neu erschienen als Buch und als EBook

TINTENMEER

Ein Brief

Heinl, P.: Thinkaeon, London, 2018

Erhältlich über www.Amazon.de

Neu erschienen als Buch und als EBook

DIE KRÖNUNG DER ANHÖHE

Erzählung

Heinl, P.: Thinkaeon, London, 2018

Erhältlich über www.Amazon.de

Neu erschienen als Buch und als EBook

DIE SÄNFTE DES ZUFALLS

Erzählung

Heinl, P.: Thinkaeon, London, 2018

Erhältlich über www.Amazon.de

Neu erschienen als Buch und als EBook

UNFLUG

Eine surreale Reise

Heinl, P.: Thinkaeon, London, 2018

Erhältlich über www.Amazon.de

Neu erschienen als Buch und als EBook

OSKARS WAGNIS

Erzählung

Heinl, P.: Thinkaeon, London, 2018

Erhältlich über www.Amazon.de